Jochen Petersdorf

# Rotkäppchen

## und andere Märchen für Erwachsene

Illustrationen von Manfred Kiedorf

Eulenspiegel

# Inhalt

# Aschenputtel

**E**s war einmal ein reicher Mann, der hatte eine Frau, die war krank und starb daran. Das kleine Töchterlein weinte gar bitterlich, denn es hatte seine Mama sehr lieb gehabt. Der Mann weinte weniger bitterlich, denn er hatte seine Frau vor sehr langer Zeit mal lieb gehabt. Dennoch ließ er ein prächtiges Begräbnis ausrichten, aber er sprach mehrmals leise zu sich selbst: »Scheidung wäre billiger gewesen, und das Kind hätte man der Mutter zugeschlagen. Jetzt bin ich angeschmiert.« Dann sprach er weiter: »Lass die Toten ruhn!«, und nahm sich eine Lebendige. Die hatte eine bewegte Vergangenheit und zwei erwachsene Töchter. Die Töchter waren zwar von stattlicher Körperhöhe, aber echte Giftzwerge. Sie schikanierten ihre Stiefschwester, wo sie nur konnten.

Während sie selbst, die Töchter, stundenlang bunte Illustrierte lasen, musste die Stiefschwester stundenlang Erbsen lesen. Aus der Asche. Deshalb nannte die böse Stiefmutter das Mädchen auch Aschenputtel, und die Töchter wieherten einfältig vor Vergnügen. Denn sie merkten nicht, dass sie auch nur Asche lasen.

Aschenputtel trug ihr Schicksal mit Geduld, denn sie hatte mal einen Politiker sagen hören: »Gäbe es keine unteren Schichten, wäre niemand motiviert, sich nach oben zu arbeiten.« Außerdem hatte das brave Mädchen beim Erbsenlesen fleißige Helfer. Es waren als Tauben kostümierte Teilnehmer von »Deutschland sucht den Superstar«. Sie verlangten keinen Lohn für ihre Hilfe. Ihnen genügten die schlechten Erbsen, denn damit beschossen sie die jubelnden Zuschauer.

Eines Tages gab der König ein großes Fest. Er lud dazu durch Facebook alle Schönen des Landes ein. Grund: Der Prinz und designierte Thronfolger brauchte eine attraktive Gemahlin, die auf den Titelseiten der bunten Illustrierten ein gutes Bild abgab.

Aschenputtels Stiefmutter und ihre Giftzwerge warfen sich sofort in die teuersten Fummel und rasten zum Ball. Vorher warfen sie dem armen Mädchen noch einen Sack Erbsen in die Asche und riefen höhnisch: »Mach dir einen gemütlichen Abend!«

Da kamen die Tauberiche und sprachen: »Sei nicht töricht. Draußen am Brunnen vor dem Tore, da steht ein Lindenbaum. Aus dem kannst du die schärfsten Model-Kleider schütteln!«

Aschenputtel begab sich an den Lindenbaum, klopfte dreimal auf Holz und rief:

> »Bäumchen, rüttel dich und schüttel dich,
> wirf Ohdkotür-Zeug über mich!«

Da gab es einen leisen Knall, und Aschenputtel trug vom Kopfe bis zu den Füßen die prächtigste Abendrobe von Gucci und war schön wie der junge Morgen. Kein Wunder, dass der Prinz beim Ball sofort ein Auge und sich selbst auf die Schöne warf, denn er hielt sie für ein Topmodel, während Aschenputtel den Prinzen für den weltberühmten Opernstar Tassilo Flamingo hielt, denn er sang pausenlos: »Reich mir die Hand, mein Leben, komm auf mein Schloss mit mir!«

Das ließ sich die Schöne nicht zweimal sagen. Aber sie stolperte über eine Unebenheit der Protokollstrecke und verlor eines ihrer zierlichen Schühchen. Dadurch kam eine schwarze Socke zum Vorschein, und Aschen- puttel rannte vor Scham davon. Der Prinz lief mit dem

liegengebliebenen Schühchen hinterher und suchte unter all den Balldamen den passenden Fuß.

Die Giftzwergtöchter riefen sofort: »Komm her! Ich will ein Kind von dir!« Aber ihre Füße hatten das Format von Flurschadentretern. Da hackte sich die eine den großen Zeh und die andere ihre Ferse ab. Beide hatten sich geschnitten, denn der Prinz gab großzügig Fersengeld. Er irrte tagelang durchs Land, klapperte alle Nobelherbergen und Szenekneipen ab – aber nirgends fand er die angebetete Schöne. Da wandte er sich an die Detektiv-GmbH »MfS«, das hieß: »Mir finden se.« Aber die Jungs brauchten gar nicht zu suchen. Sie kramten nur in ihrer Erinnerung und sagten: »Aschenputtel, mittelgroß, parteilos, unauffällig religiös, ehemals Straße des Roten Oktober, jetzt Lila-Pause-Promenade, Jungfrau.«

Der Prinz staunte, engagierte die Herren für seine Wach- und Schlossgesellschaft und galoppierte zum Aschenputtel. Er herzte und küsste sie, machte sie zur Frau und dann zu seiner Gemahlin. Die böse Stiefmutter und ihre Giftzwergtöchter aber brachte er beim Fernsehen in einer Realityshow unter. So hart waren damals die Strafen – und wenn sie nicht gestorben sind, gibt es die Sendung heute noch.

# Rotkäppchen und Verdi auf Trillerpfeife

Das brave Rotkäppchen und sein liebes Mütterchen saßen im gemütlichen Stübchen. Die Mutter las in einer bunten Illustrierten alte Witze, und Rotkäppchen schrieb zwei Liebesbriefe an heiß geliebte Typen. »Einer von beiden wird schon anbeißen«, sagte es dabei.

»An wen schreibst du überhaupt?«, fragte die Mutter.

»An Harry Potter und Dieter Bohlen.«

»Ich kenne nur Harry Potter«, sagte die Mutter.

»Das reicht völlig aus«, meinte Rotkäppchen – und die Mutter las weiter. Sie stieß auf den Artikel »Alkohol macht Männer hohl«.

»Dein Vater hat nie einen Tropfen getrunken!«

»Weil du immer schneller warst«, sagte Rotkäppchen.

»Jetzt reicht's!«, rief die Mutter. »Noch so eine Unverschämtheit und du bekommst nichts zu Weihnachten!«

»Es heißt an Weihnachten!«, sagte die Kleine, »und ich möchte so gern einen Joystick haben!«

Da fiel die Mutter vor Entsetzen aus dem Schaukelstuhl, denn sie hielt das Ding für einen schlimmen Finger von Beate Uhse. Als sie von Rotkäppchen erfuhr, dass es sich um eine Art Steuerknüppel für Computerspiele handelte, atmete sie auf, aber dachte insgeheim: »Ganz astrein ist die Sache nicht.« Dann wechselte sie das Thema und sagte: »Ich glaube, wir sollten uns mal wieder um die Oma kümmern. Haben ja lange nichts von ihr gehört.«

Rotkäppchen meinte: »Vielleicht ist sie in die Rasterfahndung geraten! Als Schläfer!«

»Wieso als Schläfer?«

»Na, sie schläft doch immer bis mittags!«

In diesem Moment vibrierte Rotkäppchens Handy. Es war die Oma. Sie teilte mit, dass es ihr wieder recht gut gehe und sie sogar wieder Zwieback kauen könne, weil sie sich die Piercing-Perle aus der Zunge rausgemacht habe. Ihr Hexenschuss sei auch fast weg, aber sie müsse weiterhin ganz krumm gehen, denn die AOK habe ihr die Krücke gekürzt.

Die Mutter sagte: »Am besten fährst du mal raus zur Omi und guckst nach dem Rechten!«

In der Lindenstraße begegnete der Kleinen ein Zug vermummter Gestalten, flankiert von Polizei.

»Haben Sie wieder Radikale verhaftet?«, fragte Rotkäppchen einen Polizisten.

»Nee, nee«, sagte der. »Wir begleiten einen Schweigemarsch anonymer Steuerschwindler!«

Aus der Ferne näherte sich ein weiterer Zug. Ein paar hundert Leute machten einen ohrenbetäubenden Lärm auf Trillerpfeifen.

»Was seid ihr denn für welche?«, fragte Rotkäppchen einen Pfeifer.

»Wir sind von Verdi«, sagte der.

Rotkäppchen summte leise den Freiheitschor aus »Nabucco« und sagte: »So ein herrlicher Komponist und so ein Abstieg auf Trillerpfeife!«

An einem Kino standen viele Menschen an nach Karten für einen neuen James-Bond-Film. Rotkäppchen sagte zu einem älteren Herren: »Kennen Sie die Lieblingsspeise von James Bond?«

»Nein«, sagte der alte Herr.

»Rührei«, sagte Rotkäppchen, »Rührei – aber geschüttelt, nicht gerührt!«

»Freche Rotzgöre!«, rief der alte Herr und drohte mit der Faust, woran man erkannte, dass er kein alter Herr war, sondern ein alter Muffelkopp.

Rotkäppchen rollte aus der Stadt heraus. Auf dem Weg durch den Wald kam sie am Haus der Hexe aus der Hänsel-und-Gretel-Story vorbei. Um das Grundstück herum verlief ein Krötenzaun.

Die Hexe hockte im Garten und erntete Brokkoli. »Nieder mit den fleischhaltigen Zaubertränken!«, rief sie. »Ich stelle auf vegan um!«

Plötzlich kam der Wolf angehechelt.

»He, Alter! Lange nicht gesehen!«, begrüßte Rotkäppchen ihn. »Wohin des Wegs so eilig? Willst du etwa die Großmutter fressen gehen?«

»Wo lebst du denn!«, antwortete der Wolf. »Weißt du, wie viele Emulgatoren, Stabilisatoren, Geschmacksverstärker, Verhärter, Weichmacher, Verdickungsmittel und Aromastoffe eine zeitgemäß ernährte Oma im Leibe hat? – Das hält kein Wolfsmagen aus! Nee, nee, ich lebe nur noch vegetarisch. Und jetzt muss ich mich sputen. Der Schönheitschirurg wartet schon. Ich lass mir nämlich die Tränensäcke glätten und die Rute etwas versteifen. Also tschau!«

Die Oma saß im Bett und klopfte mit einem Kochlöffel den Takt, während die sieben Zwerge auf der Bettdecke hockten und sangen: »Veronika, der Lenz ist da!«

Rotkäppchen sagte: »Aber Großmutter, Weihnachten ist da und nicht der Lenz.«

Die Oma erwiderte: »Die armen Kerle sind arbeitslos und machen bei mir eine Umschulung als Comedian Harmonists.«

Da lachten alle – und als dann noch der alte Oberförster mit einem Rucksack voll Rotkäppchen-Sekt erschien, herrschte bald schöne Stimmung und alle tanzten um den Lichterbaum herum und sangen:

> »Morgen kommt der Weihnachtsmann
> mit seinem Sack vorbei –
> und wenn er steckenbleibt im Stau,
> kommt er zum ersten Mai!
> Juchhei!«

# Das ziemlich tapfere Schneiderlein

Als das Schneiderlein 49 Fliegen auf seiner Mus-
stulle sah, riss ihm der Geduldsfaden. Es langte
zur Elle und wichste zu. Es wären um ein Haar
7 gewesen, hätte die Elle nicht ein Astloch gehabt, durch
das ein Brummer mit blauem Auge davonkam.

»Murks!«, knurrte der Schneider und beschloss, die
schadhafte Elle im Laden umzutauschen. Er nahm seinen
Campingbeutel, stopfte den Kassenzettel für die Rekla-
mation sowie einen Edamer Käse als Wegzehrung hinein und häkelte sich eine Bauchbinde mit der Aufschrift
»6 aus 49«. Dann stiefelte er los zur Bushaltestelle. Dort
traf er den Eisernen Heinrich, der Däumchen drehte,
statt Wagen zu lenken, denn die Buslinie war eingestellt.
Der Eiserne Heinrich schloss sich dem Schneider an, und
sie wanderten zum Bahnhof. Im Wartesaal hatte es sich
die Hexe gemütlich gemacht, denn der Bahnhof war still-
gelegt. Sie gingen weiter, gelangten an einen großen Fluss
und sahen sich nach einer Übersetzungsmöglichkeit um.
Ein gewisser Froschkönig bot ihnen gegen ein entspre-
chendes Trinkgeld seine Dienste an. Sie bestiegen das
Amphibienfahrzeug und tuckerten los. Mitten auf dem
Wasser bekam der Froschkönig einen Wadenkrampf,
und es stellte sich heraus, dass auch seine Schwimm-
häute verdammt porös waren. Durchnässt und erschöpft

erreichten sie das andere Ufer. Dort trafen sie auf den Fischer un syne Fru, die in »Ilsebill's Snackbar« Fischbrötchen feilboten. Der Fischer aber stand am Ufer und rief: »Manntje, Manntje Timpe Te, keinen Kunden weit und breit ich seh.« Also schlossen der Fischer un syne Fru ihre Imbissbude ab und sich dem Schneider an.

Sie stapften querfeldein. Auf einem Rapsfeld saßen weinend Hänsel und Gretel. Sie hatten ihr Navi vergessen und konnten den Heimweg nicht finden.

»Kommt mit«, sagte das Schneiderlein, »damit euch hier nicht noch das böse Einhorn aufspießt.«

»Keine Angst«, antwortete Hänsel. »Das Einhorn hat sich ein Stück Horn abgebrochen und muss warten, bis die Krankenkasse den Hornersatz genehmigt.«

Er nahm aber dennoch sein Schwesterlein bei der Hand und schloss sich dem Schneider an. Da trat urplötzlich ein mittelgroßer Riese aus dem nahen Wald und riss fürchterlich das Maul auf. Der Eiserne Heinrich, der Fischer un syne Fru sowie Hänsel und Gretel gingen stiften. Das tapfere Schneiderlein aber stand wie eine Eins.

Und das war sein Pech. Denn so sehr es auch drückte, aus seinem doppelt in Folie eingeschweißten Käse kam kein Tröpfchen Wasser, und als Wurfgeschoss benahm sich Käse derartig unqualifiziert, dass der Riese sofort den Braten roch. Er verpasste dem Schneiderlein einen Aufwärtshaken, so dass der Kleine durch die Luft sauste und krachend wieder auf seinem Schneidertisch landete. Dort sitzt er nun und betrauert seine jäh unterbrochene Heldenkarriere. Und wenn er nicht gestorben ist, dann ist er noch immer nicht aus dem Schneider.

## Rotkäppchen mit Mayonnaise

Es waren einmal zwei Kinder. Die hießen Leon-Noel und Lilli-Lea. Aber das wussten sie nicht, denn sie waren erst vier Wochen alt. Sie wuchsen und wurden dabei älter. Als sie in die Kita kamen und feststellten, dass dort alle Leon-Noel und Lilli-Lea hießen, nannten sie sich aus Protest Hänsel und Gretel.

Ein kleines Mädchen rief: »Ihr doofen Konservativen!«

Hänsel rief zurück: »Rote Socke!«

Das war ein Irrtum. Denn das Mädchen trug ein rotes Käppchen. Deshalb hieß es auch so.

Rotkäppchen lud Hänsel und Gretel zu sich nach Hause ein. Sie spielten mit dem CD-Player und dem Computer. Dann sagte Rotkäppchen zur Mutter: »Uns ist so langweilig.«

»Guckt in die Röhre«, sagte die Mutter.

Die Kinder schalteten an. Zwei Männer traten sich gegenseitig in den Bauch, hauten sich die Nasen krumm, und einer rief: »Yippie-Ya-Yeah, Schweinebacke!«

»Das ist für Schulkinder!«, rief die Mutter.

Auf einem anderen Kanal schüttete eine rosa Kuh einen Eimer Nudeln in sich hinein und sang dabei mit vollem Maul: »Schacki, schnacki, Makkaroni, Mayonnaise!«

Da lachten alle, und Rotkäppchens Mutter lachte am lautesten, denn sie war die Zielgruppe der Werbung.

Nach der Kuh erschien eine dünne Tänzerin auf dem Bildschirm und tanzte den sterbenden Schwan.

»Ein Glück, dass unsere Oma noch ziemlich munter ist«, sagte Rotkäppchens Mutter.

Und Rotkäppchen sagte: »Ich werde mal in den Wald joggen und der lieben Omi eine Flasche Wein und ein paar Walnüsse bringen.«

»Walnüsse?«, fragte Gretel.

»Warum nicht«, erwiderte Rotkäppchen. »Der alte Oberförster hat neulich gesagt, die Oma ist noch ganz schön knackig.«

»Wir werden dich begleiten!«, rief Hänsel, und die drei Kinder machten sich auf den Weg.

Sie fuhren mit der Straßenbahn. Plötzlich sprang ein Mann mit Pistole auf und brüllte den Fahrer an: »Die Bahn fährt zum Leuchtturm, oder es knallt!«

Der Fahrer sagte ruhig: »Zum Leuchtturm führen keine Schienen, und schwimmen kann die Bahn nicht.«

»Wird Zeit, dass wieder deutsche Ordnung in den Laden kommt!«, brüllte der Pistolenmann. Dann zog er die Notbremse und sprang ab.

Die Kinder erreichten den Wald. Sie kamen zu einem wunderschönen Pfefferkuchenhaus. Hänsel knabberte ein Stück Satellitenschüssel. Da öffnete sich die Tür, die Hexe erschien im Bikini und rief: »Wollen Sie mich schon wieder beim Fitnesstraining fotografieren?«

Doch als sie die Kinder erkannte, bat sie die drei ins Haus und bewirtete sie mit allerlei Leckereien aus der Tiefkühltruhe.

Da erschien der Wolf. Die Hexe zeigte vielsagend auf die Kinder und sagte: »Liebster Freund, der Plausch auf Plüsch fällt heute leider aus.«

»Okay«, sagte der Wolf, wandte sich zu den Kindern und meinte: »Ihr wollt doch sicherlich zur Oma. Kommt, ich zeige euch den Weg.«

»Nicht nötig«, dankten Hänsel und Gretel. »Wir haben eine Outdoor-App auf unserem Smartphone.«

Als die Kinder ankamen, saß die Oma im Bett, sah fern und weinte bitterlich.

»Eurovision Song Contest?«, fragte Rotkäppchen.

»Nein. Satiregipfel«, sagte die Oma.

Als sie den Wein getrunken hatte, kam sie in bessere Stimmung und tanzte einen flotten Sirtaki. Die Kinder klatschten begeistert. Der Wolf schnappte die Oma und drehte mit ihr einen Salchow mit dreifacher Schraube.

Da erschien der alte Oberförster. Als er die Tanzenden sah, rief er empört: »Eine Schande! Seit der Wende hat die Oma kein Feindbild mehr!«

»O doch«, sagte die alte Dame, »das werdet ihr bei der nächsten Wahl sehen.«

# Schneewittchen und die Zwergtätigen

**E**s war einmal eine Königin. Die wollte sich gern in den Finger stechen, um ein Märchen in Gang zu setzen und ein Kind zu bekommen.

Aber übern kurzen Weg kam der König, und etliche Monde später gebar die Königin nach landesüblicher Zeit ein Mädchen. Weiß wie Schnee, rot wie Blut und schwarz wie Ebenholz. Das nannte der König Schneewittchen. Denn das war der Wunsch der Königin und leider auch ihr letzter. Der König ordnete drei Tage Staatstrauer an, und am vierten gab er eine Heiratsannonce auf:

»Verwitweter König mit Kind und Sinn für alles Schöne sucht blaublütige, junge, dynamische Dame für harmonische Wohn- und Throngemeinschaft. Ernstgemeinte Bildzuschriften ans Residenzschloss, Hochparterre.«

Es meldeten sich ein paar dürre Prinzessinnen, ein abgehalfteter Schlagerstar und eine ehemalige Schönheitskönigin. Gut ausgebeult und neu lackiert. Der König entschied sich für die Lackierte. Das war ein Fehlgriff.

Die neue First Lady stand Tag und Nacht vor dem Spiegel und betrieb Fassadenerneuerung. Schneewittchen aber entwickelte sich in aller Stille zu einem flotten Teenager, und als die Königin eines Tages wieder vor dem Spiegel stand, erklärte er ihr:

»Ihr seid die Schönste hier, aber Schneewittchen ist tausendmal schöner als Ihr!«

Da beschloss die böse Stiefmutter, das gute, schöne Schneewittchen von der Bildfläche verschwinden zu lassen. Mit anderen Worten: Mordgedanken. Sie schickte den alten Oberförster mit Schneewittchen in den Wald. Der brave Waidmann, der sich zwar öffentlich königstreu benahm, aber bei den Kommunalwahlen in eine ganz andere Kerbe gehauen hatte, ließ Schneewittchen natürlich laufen. Und Schneewittchen lief über sieben Brücken und sieben Berge zu den sieben Zwergen. Diese waren der nichtentlassene Rest von 700 Zwergtätigen. Sie hatten eine Bergbau-GmbH gegründet und gruben nach Silber und nach Gold. Aber sie hatten wenig Kohle und deshalb auch kein Heiteck. Manche hatten eine Schaufel und manche eine Hacke. Sie lebten gemeinsam in einer Hütte, und deshalb war für den Einzelnen die Miete beinahe erschwinglich.

Dem Schneewittchen gefielen die kleinen Kerle. Sie las ihnen jeden Wunsch von den Augen ab. Und jeder hatte mal einen.

Als die böse Stiefmutter kurz danach, vor ihrer Fernsehtruhe sitzend, durch eine Reportage über das Land der Zwergtätigen erfuhr, dass Schneewittchen immer noch gesund und munter war, beschloss sie, die Sache selbst in die Hand zu nehmen. Sie erwarb Gürtel und Kämme zu Schnäppchenpreisen und machte sich auf die Socken. Doch als sie Schneewittchen den Gürtel um die Taille legte und zuzog, riss er, und die Zinken des Kammes brachen, als sie ihr das Haar strähnen wollte. Aber

als die Königin zum Vitamin-Stoß ausholte und den
rotbäckigen Jonathan ins Gefecht warf, war für Schneewittchen nach dem ersten Biss der Ofen aus. Die Zwerge
betrauerten die teure Dahingegangene sehr. Sie bestell-
ten beim Versandhaus einen Glassarg zum Schnäppchenpreis, betteten die Unglückliche hinein und stellten
das Opfer zwecks öffentlicher Anteilnahme vor die Tür.
Als das Täubchen, die Eule und der Rabe gerade ihrer
großen Anteilnahme Ausdruck gaben, passierte dem
Raben etwas Tierisches. Und weil die Qualität des Glas-
sarges unter aller pietätischen Würde und Kanone war,

zersplitterte er unter der Wucht des Aufpralls, so dass dem zufällig des Weges daherkommenden jungen Prinzen die Sicht auf das holde Gesicht der Schlummernden verwehrt war und er demzufolge nicht begriff, was Sache war. Im Gegenteil. Er wetterte lauthals: »Was die Leute auch alles in den Wald schmeißen!« Er nahm vor Wut die Büchse und schlug sie an einen Baum. Dabei löste sich ein Schuss, der nicht nur ihm den Rest gab – nein, infolge der heftigen Bewegung lösten sich auch alle Knöpfe seines zum Schnäppchenpreis erworbenen Sakkos, die wiederum die wackeren Zwerge so hart trafen, dass sie sich nicht mehr davon erholten.

So kam es, dass die ganze Angelegenheit überhaupt nicht im Sinne der Brüder Grimm ausging, und sie beschlossen, dieser Geschichte das Prädikat »Märchen« zu entziehen. Denn nach ihrer Meinung fällt niemand auf Schnäppchenpreise herein.

# Rotkäppchen und die Umwelt

Es war einmal ein kleines Mädchen. Das hieß Rotkäppchen, weil es immer ein Käppchen von rotem Sammet trug. Obwohl es eigentlich mit den Grünen sympathisierte. Aber die Mutter bestand auf Rot – weil sie immer Schwarz wählte und die Wahl geheim bleiben sollte.

Das kleine Rotkäppchen war ein sehr wissbegieriges Kind. Pausenlos stellte es allerlei Fragen.

»Mütterchen«, sagte es neulich, »was ist eigentlich die Umwelt?«

»Ganz einfach«, sagte die Mutter. »Wir sind hier auf der Welt, und drumherum ist die Umwelt.«

»Diesen doofen Gag hat mir schon Rumpelstilzchen erzählt!«, rief die Kleine.

»Entschuldige«, sagte die Mutter. »Die Umwelt ist alles, was uns umgibt. Die ganze Erde praktisch.«

»Dann ist der liebe Gott der oberste Umweltminister, stimmt's?«

»Naja, könnte man so sagen.«

In diesem Augenblick piepte Rotkäppchens Smartphone. Botschaft von Omilein.

»Seit wann hat die denn ein Smartphone?«, murmelte die Mutter und war in Sorge, weil nun auch noch ein mobiler Begleiter der Großmutter auf der Tasche lag.

»Vielleicht hat unsere Oma bei ›Wer wird Millionär?‹ gewonnen, Mama. Was schickt sie uns denn für eine Messitsch?«

»Sie fühlt sich nicht wohl und möchte eine Flasche Rotkäppchen-Sekt und eine DVD mit Andrea Gipfel. Besorge alles und bring's hin.«

Das brave Mädchen schlüpfte in sein T-Shirt und in die Rollschuhe und schnurrte davon. Die gewünschte DVD war ausverkauft. Der Verkäufer sagte: »Nimm doch dafür den Heimatfilm ›Der weiße Friese‹. Darin kommt das schöne Lied vor ›Wo die Nordseewellen trecken an den Strand‹.«

Das kluge Rotkäppchen sprach: »Das Lied ist in Zingst entstanden und heißt ›Wo die Ostseewellen …‹.«

Der Verkäufer rief: »Eine Schande, dass euch immer noch die alten DDR-Begriffe im Kopf rumspuken!«

Rotkäppchen-Sekt gab's nur als Öko-Getränk mit grünem Punkt.

»Was bedeutet der grüne Punkt?«, fragte das Kind.

Die Verkaufsdame winkte ab und sagte: »Gar nichts. War mal so 'ne Idee.«

Rotkäppchen rollte in Richtung Oma und verließ die Stadt. Auf einer Wiese weideten Kühe. Sie rutschten dabei auf den Knien.

»Ihr Ärmsten!«, rief Rotkäppchen. »Ein neuer Virus?«

»Quatsch«, brummte eine Schwarzbunte, »die Bundeswehr hat wieder Tiefflüge angekündigt.«

Plötzlich hüpfte ein giftgrüner Frosch vorüber. Er trug ein altes NVA-Käppi und russische Leutnantsschulterstücke. Als er den verdutzten Blick der Rindviecher sah,

quakte er: »In unserm Froschteich schwimmen so viele militärische Altlasten, da hätte ich als Zivilist gar keinen Zutritt.«

Rotkäppchen wünschte ihm Gesundheit, rollte weiter und überquerte einen Schifffahrtskanal. Dabei spuckte es von der Brücke auf einen Lastkahn voller Kies. Der Schiffer lachte freundlich – und die Kleine rief: »Wie viel Kies haben Sie denn drauf?«

»So viel wie 38 volle Lkw!«

»Au weia!«, sagte Rotkäppchen, »die fehlen jetzt am Flughafen in Berlin.«

Im nächsten Dorf saßen der Bürgermeister und der Pfarrer auf der Bank unter der Linde. Sie knobelten mit Streichhölzern, ob der neue VIP-Golfplatz mit einem Gottesdienst oder einem Frühschoppen eingeweiht werden sollte. Man einigte sich auf beides.

»Wo ist denn der Golfplatz?«, fragte Rotkäppchen.

Der Bürgermeister sagte: »Dort, wo früher die Kleingärten waren, gleich neben McDonald's, wo einst das Hünengrab war.«

Da fiel die hölzerne Naturschutz-Eule von der Linde, und Rotkäppchen suchte vor Schreck das Weite. Es begegnete einer wandernden Elefantenherde. Die Dickhäuter waren in Stimmung, denn sie bewarfen sich mit Bierflaschen und Cola-Büchsen.

»Warum tut ihr das?«, rief Rotkäppchen.

Der Reiseleitbulle sagte: »Das ist der sanfte Tourismus. Früher haben wir Bäume ausgerissen!« Dann hob er den Rüssel und trompetete »Il silencio«.

Ein vorüberfliegender Hubschrauber drehte durch und verschwand im Ozonloch. Endlich erreichte Rotkäppchen den Wald, in dem die liebe Oma wohnte. Da hörte es plötzlich ein seltsames Gewieher und erblickte vor sich ein schmuckes, schneeweißes Einhorn.

»Hällo Hornie!«, rief die Kleine. »Ich dachte, ihr seid ausgestorben!«

»Sind wir auch. Ich bin ein Geklonter.«

»Und die echten? Warum wurden die damals abgewickelt? Kam eine Eiszeit?«

»Im Gegenteil«, antwortete das Einhorn. »Zu viel Hitze. Treibhauseffekt.«

»Verstehe«, meinte Rotkäppchen, »zu viel Treibgas-Mähnenspray, die veraltete FCKW-Stallkühlung, stickige Abgase, ungebremster Zeozwei-Ausstoß und so weiter. – Wir stehen ja auch kurz vorm Kollaps!«

»Stimmt«, sagte das Horntier. »Jede Woche wird eine halbe Million Treibhausgase in die Luft geblasen. Jedes Jahr wird die Ozonschicht um 2 Prozent dünner. Jeden Tag gehen 40 Pflanzenarten ein. Jede Minute werden 30 Hektar Regenwald zerstört … Soll ich weiterreden?«

»Du bist ja ganz schön bewandert«, sagte Rotkäppchen, »liest wohl viel Fachliteratur?«

»Auch. Aber vor allem betreibe ich Ursachenforschung. Studiere die Börsenberichte.«

Rotkäppchen wünschte ihm und sich ein langes Leben und zog weiter.

Es erreichte schließlich das Häuschen der Oma. Die alte Oma lag nicht im Bett, sondern saß kichernd auf dem Dach und hämmerte und schraubte an einem großen Solarzellen-Gestell herum.

»Nieder mit den fossilen Brennstoffen!«, rief sie. »Ich stelle auf Sonnenenergie um!«

»Aber Omi!«, rief Rotkäppchen. »Durch die Bäume kommt doch kein einziger Sonnenstrahl!«

»Die Bäume kommen ja weg, mein Kind. Denn hier entsteht ein Forschungsinstitut für Umweltschäden.«

Das hörte der alte Oberförster und weinte bitterlich. Doch er fing sich und sprach: »Dann werde ich eben umschulen. Ich baue aus den Baumstämmen eine Blockhütte und eröffne das Erotik-Center ›Der letzte Balzer mit dir‹.«

# Dornröschen reloaded

**E**s waren einmal ein König und eine Königin, die sprachen jeden Tag: »Ach, wenn wir doch ein Kind hätten!«

Doch sie kriegten keins. Die Königin schob alles auf den König und machte ihm Vorhaltungen.

»Das kommt nur von deinem ständigen Herumgehocke auf dem Thron! Da sterben nicht nur die Füße ab!« Ein paar der Hofdamen lächelten besserwissend und dachten: Gut, dass nicht jeder auf dem Thron weiß, was die unteren Organe so treiben.

Eines Tages fuhr die Königin zum Wellnessurlaub. Als sie sich wohlig im Whirlpool streckte, kam aus dem Abflussrohr plötzlich ein Frosch hervor.

»Hallo, schöne Frau!«, rief der Glitschige.

Die Königin aber rief: »Hei! Komm, sei kein Frosch!«

Dieser tat ihr den Gefallen, denn er war eigentlich ein verkleideter Masseur, der gern mal was nebenbei machte. Als er seinen Auftrag erfüllt hatte, sagte er: »Ehe ein Jahr vergeht, wirst du eine Tochter zur Welt bringen.«

Da gab ihm die Königin ein schönes Trinkgeld und sagte noch: »Aber tratsche es nicht überall herum, denn du weißt: Bei Prominenten achten die Leute auf jeden Seitensprung.«

Was der Frosch prophezeit hatte, geschah.

Die Königin gebar ein Mädchen, und der König veranstaltete ein gewaltiges Freudenfest. Er lud dazu nicht nur pflichtgemäß die Verwandtschaft ein, sondern auch die Oberhäupter der Fürstentümer seines Reiches. Es waren sechzehn an der Zahl.

Der König hatte aber nur fünfzehn Gästezimmer, denn das sechzehnte hatte er in einen Fitnessraum für die Königinmutter umbauen lassen. Auch besaß er nur noch fünfzehn Porzellanteller, weil er die übrigen bei eBay versteigert hatte.

»Da muss eben einer zu Hause bleiben«, meinte die Königin.

»Am besten der autonome Gebirgler. In der Residenz kann man ihn sowieso nicht verstehen«, meinte der König.

Als das große Fest heran war, erschien der Nichtgeladene dennoch und rief: »Ja mei! Das Königsmadl wird sich am fünfzehnten Geburtstag an einer Spindel stechen und tot umfallen! Kruzitürken! Servus!«

Da weinten alle Anwesenden heftig, bis einer rief: »Das ist ein Fall für Richter Alexander Wold!«

Es erhob sich ein Herr mit exquisiter Römerfrisur und sagte tragischen Tones: »Musste es so weit kommen?«

Und nachdem alle »Nein« gerufen hatten, sprach er weiter: »Tod kommt natürlich nicht infrage. Wir werden auf hundertjährigen Schlaf herunterhandeln.«

Da klatschten alle in die Hände, denn sie sagten sich: Bei dem heutigen Stress kann ein etwas längerer Schlaf gar nicht schaden.

Der König aber ließ wegen der angedrohten Spindelstecherei alle Spinnräder im Königreich verbieten und

vernichten und verlagerte das textile Gewerbe weit hinter die Grenzen seines Reiches, wo die Leute für einen Appel und 'n Ei spannen und nähten. Mit anderen Worten: Handel und Wandel blühten – und das Königstöchterlein erblühte zu einer knackigen Kirsche.

Eines Tages ging es in die Rumpelkammer des Schlosses, um in der Truhe der Urgroßmutter ein paar alte Röcke und Stiefeletten für den Besuch im Club Royal zu suchen. Dabei stieß die Königstochter auf eine uralte Spindel, hielt das Gerät für einen Joystick und stach sich prompt in den Finger. Voller Erfolg. Sofortiger Tiefschlaf. Der gesunde, vor Mitternacht.

Auch das ganze Schloss schnarchte: die Diener und Zofen, die Köche und die Küchenmägde, der Chauffeur, der Finanzberater, der Personal Trainer, der Stylist, der Thai-Masseur, der Facilitymanager, die polnische Putzkolonne, die Ein-Euro-Jobber in den Parkanlagen, der Hofnarr und sein Gag-Man. Alle, alle schliefen! Sogar die Kellner vom Schlossrestaurant schliefen im Stehen gleich weiter. Nur einer schaffte es noch, ein Schild an die Tür zu hängen mit der Aufschrift »Geschlossene Gesellschaft«. Über dieses Schild hätte sich die Bevölkerung nicht gewundert, doch sie konnte es gar nicht sehen, denn um das Schloss wuchs eine riesige Dornenhecke mit ein paar Rosen – oder, wie die höfische Presse schrieb: eine riesige Rosenhecke mit ein paar Dornen.

Viele Jahre vergingen. Da kam eines Tages ein junger Prinz des Weges, sah das zugewachsene Schloss und sprach: »Junge, Junge, was für eine Immobilie! Da lässt sich doch was draus machen!«

Als er aber durch einen Paparazzo von der Schönheit des schlafenden Dornröschens erfuhr, gab er seinem Pferd die Sporen. Es flog über die Dornenhecke, und da Ross und Reiter sehr hoch flogen, landeten sie genau in Dornröschens Turmzimmer. Der Prinz wollte sofort drauflosküssen, aber es war ein Kuss in den Ofen. Denn die Schöne lag nicht im Tiefschlaf, sondern saß vor einer Webcam und pries auf YouTube sieben Techniken zur Schlafoptimierung an.

»Du bist ja ein ganz ausgeschlafener Typ!«, rief der Prinz. »Mit einem ordentlichen Verkaufskanal könnten wir ganz schön Kies machen.«

Da erwachten auch der König und sein ganzer Hofstaat, investierten in den Verkaufskanal von Prinz und Prinzessin, und wenn sie nicht gestorben sind, dann verkaufen sie noch heute.

## Die mit dem Wolf tanzt

Rotkäppchens Oma lebte tief im Wald und einsam. Aber sie empfing über Satellit die ausgefallensten Sender und war deshalb manchmal mächtig angetörnt und von Sinnen. Wenn die Oma in der Weihnachtszeit vor der Röhre saß und Strümpfe stopfte, sang sie oft das alte Lied: »Mein Blut, es spritzt beim Stich der Nadel und auch beim Musikantenstadl.«

Eines Tages war die Oma nicht okay – oder, wie man früher sagte: Sie sah verdammt alt aus. Hexenschuss! Die Hexe stritt alles ab. Sie wäre nicht Schütze, sondern Stier und habe keinen Bock auf alte Schachteln. Aber sie gab der Oma ein paar Kräutlein und sprach: »Die schluckst du – und bei Nebenwirkungen liest du die Packungsbeilage oder rufst den Rettungsdienst!«

Die Oma nahm aber gar nichts, sondern sang ganz cool das alte Weihnachtslied: »Ärmlich war das Christuskindel, hatte keine Pämperwindel!«

Dann faxte sie an Rotkäppchens Mutter den Notruf: »Brauche dringend Kuchen und Wein sowie die DVDs mit den 85 Staffeln von ›Der Wald- und Wiesenarzt‹.«

Die Mutter besorgte alles nach Wunsch und sagte zum kleinen Rotkäppchen: »So, nun trabe los, aber hüte dich vor dem bösen Wolf, denn man weiß nicht, wo er sich herumtreibt.«

Das Rotkäppchen schnallte sich die Rollschuhe an und fuhr zum Nulltarif und umweltfreundlich winkend durch die Stadt.

Ein paar Glatzen riefen »Heil« – Rotkäppchen rief »und Segen«, denn sie wusste nicht, was die tun.

Dann erreichte das brave Mädchen den Wald. Er sah noch recht gut aus, denn es war ein Märchenwald. Doch da kam hinter einem ziemlich morschen Baum eine junge, dynamische Gestalt in einem Lamafell hervor und sang: »Wir verkaufen unser Oma ihr klein Häuschen und verpassen ihr 'ne Kaffeefahrt nach Rom!«

Dann überreichte er Rotkäppchen sechs silberne Blechlöffel und sagte: »Empfehlen Sie uns weiter!«

Die Kleine entsorgte die Löffel in ein Elsternest und rollte weiter. Als es das Häuschen der Großmutter erreichte, brach es in den Entsetzensschrei aus: »Ich glaub, ich steh im Wald!« Hunderte Journalisten, Polizei, Feuerwehr, Einsatzwagen, Scharfschützen, Froschmänner, Hubschrauber – alles war vertreten und lag getarnt hinter der Brombeerhecke.

Was war geschehen?

Der Wolf hatte die Großmutter als Geisel genommen.

Er verlangte ein Fluchtauto, die Ehrenbürgerrechte der Städte Wolfenbüttel, Wolfsburg und Wolfen, ein Hausboot am Wolfgangsee – sowie die sieben Geißlein.

Ein Regierungssprecher versprach alles. Deshalb war er ja Regierungssprecher.

Die sieben Geißlein hatte er aber nicht greifbar. Sie waren auf Tournee mit »Holiday on Geiß. Eine frivole Show mit vielen Bocksprüngen«.

Da sagte der Wolf zur Großmutter: »Ich glaube, wir lassen den ganzen Quatsch. Geh raus und beruhige die Sensationsreporter!«

Die Oma humpelte hinaus und gab eine Pressekonferenz. Ein Super-Illustrierter fragte: »Großmutter, warum hast du denn keine großen Ohren?«

Sie antwortete: »Das hat mich vor Jahren schon die Gauck-Behörde gefragt.«

Eine Bild-Reporterin fragte: »Großmutter, warum reißt du nicht dein Maul auf?«

Die Omi sagte: »Ich bin kein Politiker!«

Danach fragte einer: »Großmutter, warum schreibst und verkaufst du nicht deine Memoiren?«

Sagte die Omi: »Weil ich keinen Dreck am Stecken habe.«

Schließlich rief einer: »Wenn Sie noch mal zur Welt kämen, was möchten Sie werden?«

»In Ruhe gelassen«, sagte die Oma.

Das Rotkäppchen aber entkorkte den Wein, goss der Omi so lange ein, bis die mit dem Wolf tanzte, und als der Tannenbaum in Flammen stand, sangen alle drei das alte Lied:

»O Tannenbaum, o Tannenbaum,
man sieht dich vor Geschenken kaum,
und wenn die Kassenglöckchen klingen,
hörn Kaufhauskonzerne Englein singen.«

Da gingen alle Reporter, die Polizisten, die Scharfschützen, die Froschmänner und die Hubschrauber recht nachdenklich nach Hause.

# Rumpelstilzchen

Ein Märchen aus uralten Zeiten

Es war einmal ein Müller, der war arm, aber er hatte eine schöne Tochter.«

Dieser Satz, mit dem im Original das Märchen der Gebrüder Grimm beginnt, machte jeden DDR-Bürger, in deren Land dieses Märchen spielt, sofort stutzig. Denn ein armer Müller, also Handwerker, wirkte sogar im Märchen leicht komisch.

Nicht komisch, sondern eher makaber wirkte die Formulierung: »Er war arm, aber hatte eine schöne Tochter.«

Man sagte ja auch nicht: Er war Preisträger, aber ein Talent. Denn es gab doch mehr untalentierte Leute als talentierte Preisträger.

Doch weiter im Text.

»Nun traf es sich, dass er (der Müller) mit dem König zu sprechen kam.«

Bei diesem Satz gerieten die Leser ins Grübeln. Wie und wo traf es sich? Verkehrten der Müller und der König in derselben Kneipe? Fuhren sie beide mit derselben überfüllten Straßenbahn? Oder war der Müller bei der großen Weihnachtsdemonstration aus dem Fahnenblock ausgebrochen, auf die Tribüne geeilt und hatte dem König ins Ohr geflüstert: »Ich muss dich mal sprechen«?

Fragen über Fragen.

Die Gebrüder Grimm konnten sie nicht mehr beantworten. Um so notwendiger war es, dass man die alten Märchen nicht kritiklos in sich reinzog, sondern sie interpretierte, um sie zu verändern.

Daher wurde das Märchen von Rumpelstilzchen so erzählt: Es war einmal ein König.

Aber er benahm sich nicht so.

Ging er ein Bier trinken, hängte er seine Krone, genau wie die anderen ihren Hut, an den Garderobenständer. Und wenn hinterher die Krone weg war, beschwerte er sich nicht, denn er hatte vor Jahren mal die Schilder erfunden: »Wir bitten, auf die Garderobe selbst zu achten.«

Der König hatte einen persönlichen Referenten, der hieß Müller. Er war nicht der Intelligenteste.

Aber weil er fast alle Leute im Land kannte, war er unentbehrlich, denn er konnte fast alles besorgen.

Eines Tages bestellte der König seinen Referenten ein und sagte zu Müller: »Herr Müller.«

Der König sagte immer »Herr Müller«, denn Müller war Anhänger vom 1. FC Union – und er selbst förderte »Royal-Mach-mit« –, also krasse Klassenunterschiede und deshalb keine Duzfreundschaft.

Kurzum, der König sprach: »Herr Müller, der Kaiser möchte einen Bericht über die Quartalserfüllung. Wie sieht's denn aus?«

»Genauso wie im vorigen Quartal.«

»Dann sieht's verdammt trübe aus, Herr Müller. Haben Sie eine Ausrede?«

»Nee, habe ich nicht, aber eine Tochter, die kann Stroh zu Gold spinnen.«

Da ließ der König die Müllerstochter kommen, setzte sie in einer kleinen Kemenate an eine große Spinnmaschine und sprach: »Das ist dein rechnergestützter Arbeitsplatz! Nun spinn mir bis morgen früh Stroh zu Gold. Schaffst du's nicht, gibt es keine Jahresendprämie – schaffst du es, wirst du meine Frau.«

Da schluchzte das Mädchen gar herzergreifend, und als es eine Weile geschluchzt hatte, stand plötzlich ein kleines Männlein vor ihr und sprach: »Jungfer Müllerin, warum weinet sie so sehr?«

»Ach«, sagte das Mädchen, »ich soll Stroh zu Gold spinnen, aber kann es nicht.«

»Nanu«, sagte das Männlein, »kommst du aus der nichtarbeitenden Bevölkerung?« Und dann sagte er weiter: »Na schön, ich werde für dich spinnen. Was gibst du mir dafür?«

»Tja«, sagte das Mädchen, »wie wär's mit der Medaille für ausgefallene Leistungen?«

»Hab ich schon«, antwortete das Männlein, »bin Nahverkehrsexperte. Ließ so manchen Bus ausfallen.«

»Soll ich dir meinen Ostsee-Ferienplatz abtreten?«

»Ich komme in der komfortablen Datsche der Meerjungfrau unter.«

»Brauchst du Ersatzteile?«

»Nein, ich bin kerngesund.«

»So meine ich es nicht«, sagte die Müllerstochter. »Hast du denn kein Auto, keine Datsche? Da braucht man doch immer was.«

Der Kleine sprach: »Ich bin eine Märchenfigur. Kann mir alles herbeizaubern.«

»Komisch«, sagte das Mädchen, »dann muss mein Nachbar auch so einer sein.«

»Schluss jetzt«, rief der Kleine, »ich werde für dich spinnen und bekomme dafür dein Kind!«

»Ich hab ja keins«, sagte das Mädchen.

»Warten wir's ab«, erwiderte das Männlein.

»Untersteh dich!«, schrie die Jungfrau.

»Keine Angst, ich spinne nur, das andere macht der König.«

Der kam am anderen Morgen und fand einen Bericht vor, nach dessen Studium er sein eigenes Reich nicht mehr wiedererkannte.

»Wenn das der Kaiser liest«, rief er, »verleiht er mir sofort den Nationalpreis, und wir dürfen in jeder Straße einen Wintershop einrichten.«

Vor lauter Glück raubte er der Müllerstochter einen Kuss und die Unschuld.

Als sich nach der üblichen Wartezeit ein Kindlein einstellte, stellte sich auch das Männlein ein und forderte seine Belohnung.

»Das Kind gebe ich nicht her!«, rief die junge Frau und weinte wieder herzergreifend.

Das Männlein bekam Mitleid und sprach: »Eine Chance will ich dir geben. Wenn du meinen Namen errätst, sollst du dein Kind behalten.«

Aber nun ging es los.

»Heißest du Kasper? Oder Melchior? Oder Balzer? Oder Rippenbiest, Hammelwade oder Schnürbein?«

Jedes Mal brüllte der Wicht: »So heiß ich nicht! So heiß ich nicht!«

»Dann heißest du Schönfärber!«, sagte das Mädchen.

»Das hat dir der Gegner gesagt!«, schrie der Gnom und riss sich selbst mitten entzwei.

Seit jener Zeit wurde nicht mehr Stroh zu Gold gesponnen, sondern nur noch ehrlich berichtet. Aber das war schon wieder ein anderes Märchen.

# Die Bremer Stadtmusikanten
anno 1990

Es war einmal ein Esel, der wollte nach Bremen. Aber nicht, weil es ihm zu wohl war, sondern im Gegenteil. Jahrelang hatte er seinen Herren treu gedient, hatte alle möglichen und unmöglichen Säcke ertragen und bei Jubelfesten immer brav »Ija-Ija« geschrien. Er hatte zwar immer satt zu essen gehabt, aber nun hatte er auch manches andere so ziemlich satt. Es wurmte ihn, dass immer weniger Wasser auf die Mühle kam, aber immer lauter geklappert wurde. Deshalb schüttelte er den Mehlstaub von den Hufen, ging auf die Straße und sang das alte Lied:

»Den grauen Esel in seinem Lauf
halten weder Ochs noch Bulle auf.«

Als der Esel so eine Weile vor sich hin demonstriert hatte, fand er einen Hund am Wege liegen, der jappte und schnappte gar mächtig.

»Nun, Bürger, was schnappst du so?«, fragte der Esel.

»Ich schnappe nach Luft«, sagte der Hund.

»Schnapp lieber nach Schadstoffen«, rief der Esel, »da hast du das Maul voller!« Und weiter sagte er: »Was bist du überhaupt für einer?«

»Ich bin Jagdhund – und war Staatsjagd-Hund.«

»Na klar, ich verstehe«, sagte der Esel. »Du hast im eingezäunten Wald das Wild aufgestöbert für die prominenten Knaller.«

Der Hund erwiderte: »Das Wild war in Lehrgängen vorbereitet und lief von selbst vor die Flinte.«

Der Esel hielt das für Jägerlatein – aber er nahm den Hund mit auf die Reise, denn er dachte sich: Solche Storys können wir drüben vielleicht einer Illustrierten unterjubeln und das Begrüßungsgeld aufstocken.

So zogen die beiden gemeinsam weiter und sangen das alte Lied:

»Wer Kleider klaut im Warenhaus,
der treibt nicht Schabernack.
Es stellt sich leider auch heraus:
Der Kerl hat kein' Geschmack.«

Da stießen sie auf eine Katze. Die schrie unaufhörlich: »Mir fehlen Mäuse! Mir fehlen Mäuse!«

Es war offensichtlich eine Geldkatze.

»Uns allen fehlen Mäuse«, sagte der Esel. »Vor allem bunte. Weiße Mäuse haben wir genug.«

»Nichts gegen die weißen Mäuse!«, rief die Katze. »Die haben's nicht leicht. Die wissen bei manchem rasenden Volvo nicht: Sollense pfeifen oder grüßen!«

Da sagte der Esel: »Du bist eine ziemlich ausgeschlafene Katze. Komm mit uns!«

So zogen sie gemeinsam weiter, und die Geldkatze stimmte das alte Lied an:

»Im schönsten Devisengrunde,
da steht mein Heimathaus.
Dort guckt zu jeder Stunde
der Neckermann heraus.«

Da war plötzlich in der Luft ein lautes Krähen, unsere drei Wanderer schauten nach oben. Vor ihnen aber saß ein Hahn auf der Straße und sprach: »Warum schaut ihr nach oben? Oben wird jetzt nicht mehr so laut gekräht. Ich war der zentrale Schönwetterhahn. Bin ganz schön runtergekommen.«

Die Katze sagte: »Da hättest du nicht auf dem Rathaus hocken dürfen, sondern besser auf dem Kirchturm.«

»Da ist kein großer Unterschied«, rief der Hahn. »Heutzutage gehn die Pfarrer auf die Straße und die Genossen in die Kirche! Am besten, man geht in seinen alten Beruf zurück und macht auf dem Hühnerhof den Eierbestempler.«

Sie nahmen den Hahn mit auf die Reise und sangen gemeinsam das alte Lied:

»Im Volkskammergut,
da kammer gut lustig sein.
Jeder kleine Vogel pfeift sein Lied,
und Erich pfeift nicht mehr mit.«

Sie konnten aber die Stadt Bremen in einem Tag nicht erreichen und kamen in einen Wald, wo sie übernachten wollten. Dort bereiteten sie sich ein Nachtlager unter einer Fichte. Die nadelte pausenlos unter sich.

»Was soll die Ferkelei?«, krähte der Hahn. »Macht denn hier jeder, was er will?«

Die Fichte sagte: »Kann nichts dafür, ich bin sauer!«

Da sah der Hahn in der Ferne ein Licht.

»Dort muss ein Haus sein!«, rief er. »Da lässt es sich gewiss bequemer übernachten.«

Als sie das Haus erreichten und durchs Fenster schauten, sahen sie eine Anzahl bekannter, würdiger Herren, die standen um einen grünen Tisch herum. Aber sie standen nicht direkt um die Tischplatte, sondern waren alle etwas zurückgetreten. Sie hatten die Schuhe in der Hand und versuchten, sich gegenseitig Schuld hineinzuschieben. Da kletterten die vier Tiere vor dem Fenster aufeinander und sangen lauthals das alte Lied:

> »Kein schöner Landsitz weit und breit
> als der in Wandlitz – doch 's ist Zeit:
> 's ist Feierahmd.«

Da verließen die Herren diszipliniert das Haus, und die vier Musikanten zogen ein.

»Es ist ein angenehmes Haus«, sagte die Katze. »Hier sollten wir bleiben und Weihnachten feiern. Was wollen wir in Bremen?«

»Du hast recht«, sagte der Hund. »Aber das Haus muss gründlich renoviert werden.«

Da klopfte es an die Tür, und herein trat ein älterer, hagerer Herr und fragte fröhlich: »Darf ich beim Tapezieren helfen?«

# Rotkäppchen und der Saurier

A ls das liebe Rotkäppchen der Mutter beim Pfefferkuchenbacken half, warf es aus Versehen ein Glas um und einen Blick aus dem Fenster.

»Mütterchen!«, rief die Kleine, »sieh mal, dort drüben auf dem Arbeitsamt ziehen sie eine Fahne hoch und schwenken Wunderkerzen!«

»Wer weiß, vielleicht erwarten sie die Kanzlerin«, sagte die Mutter.

»Ist die auch entlassen?«, fragte Rotkäppchen.

»Noch nicht«, antwortete die Mutter und blickte traurig. Dann knipste sie den Fernseher an. Es gab Werbung: Dauerfestiger für Engelshaar, Schneeschieber mit Servolenkung und Christbaumkugeln mit Autogrammen von Maria und Joseph. In der Werbepause erschienen die Wildbecker Scherzbuben und sangen das alte Weihnachts-Stimmungslied: »Ich trink den Wein nicht gern allein – ich trink ihn nur mit Jesulein.«

»Apropos Wein!«, rief Rotkäppchens Mutter, »laden wir die Oma ein, oder schicken wir ihr zum Fest einen Schluck Landwein im Tetrapack?«

»Überflüssige Frage«, sagte Rotkäppchen. »Die Omi hat eine E-Mail geschickt. Sie liegt im Bett und möchte Gamza in der Korbflasche und das Buch ›Je oller, je doller‹. Und weil ihr Husten wieder stärker geworden ist und sie wegen des herannahenden Winters nicht zur Apotheke gehen kann, braucht sie auch ein Fläschchen Hustensaft.«

»Gut«, sagte die Mutter, »besorge alles und bring's hin. Und leg noch ein Äpfelchen dazu – es ist schließlich das Fest der Liebe.«

Das brave Mädchen setzte sein rotes Käppchen auf, schlüpfte ins Mäntelchen und in die Rollschuhe und schnurrte durch die Straßen.

Der Herr in der Weinhandlung sagte: »Den Bulgarenwein in der Korbflasche gibt's schon lange nicht mehr!« Da meinte Rotkäppchen: »Da sind wir nächtelang mit Kerzen auf der Straße rumgelaufen und haben gesungen ›Ich bin das Volk‹ – und jetzt gibt's nicht mal mehr Gamza in der Korbflasche.« Rotkäppchen kaufte eine Flasche »Helgoländer Südhang-Spätlese« zum Aktionspreis, nahm noch drei zu Weihnachtsmännern umgeschmolzene Schokoladenosterhasen mit und rollte weiter zum Buchladen, wo es den Ratgeber »Was tun, wenn die Rente nicht reicht?« erwarb. Das war ein Bestseller. Vor der Apotheke im Stadtzentrum gab es eine Demo. Die Demonstranten riefen im Chor: »Nieder mit dem schlechten Ruf!« Einige waren vermummt. Polizisten schlugen dabei auf ihre Schutzschilde und sangen: »Morgen, Kinder, wird's was geben!« Rotkäppchen winkte ihnen fröhlich zu und rollte weiter zum Stadtrand, wo der Wald begann, in dem die Oma lebte. Der Wald bestand aus 211 Bäumen. Die anderen hatte man gefällt, um Platz zu schaffen für einen Gewerbemarkt für Äxte und Motorsägen. Rotkäppchen hüpfte fröhlich von Baum zu

Baum. Da hörte es plötzlich einen gewaltig urigen Schrei und erblickte vor sich einen riesigen Saurier.

»Hällo Drolli«, rief die Kleine, »bist du ein Brontosaurus, ein Triceratops, ein Deinonychus, ein Iguanodon oder ein Parasaurolophus?«

Das Urvieh sprach: »Diese Kollegen kenne ich nicht. Die sind vielleicht im Bankengeschäft tätig. Ich bin Tyrannosaurus Rex und in der Fleischbranche unterwegs!« Er riss sein riesiges Maul auf.

»Unsere Oma bräuchte auch neue Zähne«, sagte Rotkäppchen, »aber dafür müsste sie ihr Häuschen günstig verkaufen.«

Da lachte das Urvieh und machte einen unvorstellbar gewaltigen Sprung.

Bei dem macht keiner Dopingkontrolle, dachte Rotkäppchen. Dann sagte es: »Wieso kommt eigentlich nicht der Wolf?«

Der Saurier antwortete: »In der Zeitung stand, dass die Wölfe aus Polen kommen. Das dauert eben seine Zeit. – Ich bin übrigens ein Freund deiner Großmutter. Bin ihr Steuerberater.«

»Aber du stammst doch aus der Urzeit.«

»Das Steuergesetz auch!«

Sie erreichten das Haus der Oma. Die alte Dame saß im Bett und das tapfere Schneiderlein auf der Bettkante.

»Er ist jetzt bei der Versicherung!«, rief die Großmutter. »Ich habe gerade Haftpflicht, Insassenunfallversicherung, Rechtsschutz und Kasko abgeschlossen.«

»Aber du hast doch gar kein Auto!«, rief Rotkäppchen.

»Egal«, sagte die Oma, »der arme Kerl will auch leben.«

In diesem Moment trat der Wolf herein und sagte: »Entschuldigt die Verspätung. Habe mir einen Wolf gelaufen.« Als er den Saurier sah, sagte er: »Was machst denn du hier? Du gehörst doch ins Kino!«

»Um Himmels willen«, rief der Dino, »da lacht man sich ja als echter Saurier tot! – Ich will aber nicht aussterben!«

»Wir würden dir ein Denkmal setzen«, sprach das Schneiderlein, »in Berlin, Unter den Linden, auf hohem Sockel: Tyrannosaurus Rex!«

»Aber dort reitet doch schon Fridericus Rex!«, rief die Oma.

Da sagte der Wolf: »Ob Fridericus oder Tyrannosaurus, Rex bleibt Rex!«

# Der Wolf und die sieben Geißlein

## anno 1992

Es war einmal eine Ziege, die stand mit ihren Geißlein so gut wie allein da. Denn der Bock saß den ganzen Tag vor der Bildröhre und guckte sich Videos mit strammen dummen Kühen an. Die brave Ziege ließ es sich nicht verdrießen und sprach: »Wozu brauchen wir einen Bock? Heutzutage gibt es genügend Leithammel.« Und zu ihren Kindern sagte sie: »Seid schön brav, ich geh jetzt mal zum Arbeitsamt.«

Da riefen die Geißlein: »Mutter, das hat doch keinen Sinn. Du bist doch schon über vierzig!«

»Macht nichts«, sagte die Ziege und band sich ihr Kopftuch um, »ich bin dort die Putzfrau.«

Bevor sie ging, sagte sie noch: »Aber lasst nicht den Herrn Wolf herein, denn ihr wisst ja, der schleicht überall umher und behauptet, dies wäre seit Generationen sein Grundstück.«

Und zu ihrem kleinsten Geißlein, dem schelmischen Giselher, sagte sie: »Gisi, was ist ein Grundstück?«

Da sagte das Geißlein: »Ein Grundstück ist ein Stück Grund, bei dem ein triftiger Grund dafür vorhanden sein muss, dass man ein Stück Grund vom Grundstück wieder rausrückt.« Da klatschten die anderen Geißlein begeistert und spielten Blockflöte.

Später klopfte es an der Tür und eine tiefe Stimme rief: »Macht auf, euer Mütterlein ist hier. Ich kann wahrscheinlich vor der Dunkelheit nicht nach Hause kommen, aber ich habe meine Gaspistole vergessen.«

Die kleinen Geißlein antworteten: »Du bist nicht unsere Mutter, die hat eine viel höhere Stimme und außerdem keine Gaspistole, sondern Schreckschuss. Da wacht die Polizei schneller auf.«

Da schlurfte der Wolf von dannen. Die Geißlein machten beim Kerzenschein eine Talkshow und sangen das alte deutsche Kriminalweihnachtslied:

> »Der Geldschrankpaul kam aus dem Knast,
> zum Nachttresor, da schlich er
> und sprach: Ja, gäb's noch Alu-Chips,
> da wären die Banken sichrer.«

Da klopfte es erneut und eine ziemlich hohe Stimme rief: »Macht auf, euer liebes Mütterlein ist hier. Ich habe Kreide gegessen.«

Die Geißlein antworteten: »Wir essen Rotwurst. Außerdem hast du eine braune Pfote, und Braun ist nicht unsere Farbe!«

Da rannte der Wolf davon und schrie: »Ich brauche einen Weißmacher, einen Weißmacher! Porentief!«

Er lief zum Müller, ließ sich die Pfote mit Mehl bestreuen, begab sich zurück zum Haus der Geißlein und sagte: »Macht auf, ich bin die Treuhand.«

Da riefen die Geißlein: »Stimmt nicht, denn die Treuhand sagt nicht ›Macht auf‹, die Treuhand sagt ›Gebt auf‹.«

Im selben Moment wurde der Wolf von zwei spitzen Hörnern emporgeschleudert, und die alte Geiß, die hinter ihm stand, rief: »Verpfeif dich! Wir lassen unseren Milchhof nicht zur Bruchbude erklären!«

Und während die Geiß ihre Kinder herzte und küsste, schoss der Wolf in sechsfachem Auerbachsalto durch die Luft über eine Schafherde hinweg, und weil er aus östlicher Richtung kam, sagte ein Hammel zum anderen Hammel: »Da siehste mal wieder diese Ossis. Jammern und klagen und machen trotzdem zu Weihnachten unheimlich große Sprünge.«

# Rotkäppchen im falschen Märchen

Das kleine Rotkäppchen half der Mutter beim Abwaschen. Für jede einen kleinen Teller und ein Obstmesser. Denn sie hatten nur zwei kleine Apfelsinen gegessen. Wegen der Gesundheit und wegen der Marktwirtschaft. Denn eine einzelne Apfelsine aus Apfelsinien ist billiger als eine Leberwurst aus der Oberpfalz oder Eberswalde. Obwohl ein Apfelsinendampfer mehr Sprit verbraucht als ein Wurstauto. Aber in der Wurst sind mehr Geheimnisse als in der Apfelsine, deshalb ist sie wertvoller und teurer.

Aber weiter im Märchen.

Rotkäppchen und die Mutter setzten sich nun vor die Röhre und guckten »Wolfsblut«. Das bestand aus zwei bis drei ausgequetschten Blutorangen, einer halben Flasche »Tenessie-Williams-Birne« (45 Umdrehungen), zweihundert Gramm »Kirschlikör« (obergärig), mehreren Esslöffeln mit Konservierungsmitteln und Farbstoffen sowie einer Flasche »Boris-Wodka«. Boris Jelzin und Boris Godunow, je nach Geschmack.

»Das schmäckt mir überhaupt ni!«, rief Rotkäppchens Mutter, holte sich eine Flasche Radeberger aus dem Kühlschrank und sagte »Prost«.

Rotkäppchen sprach im Gegensatz zu seiner Mutter ein lupenreines Hochdeutsch, denn es besuchte die

Wald-Torf-Schule. Dort lernen sie alles ganz langsam, aber ganz gründlich. Und das vergessen sie dann auch nicht. Jedenfalls nicht so gründlich.

»Rotkäppchen«, fiel es der Mutter plötzlich ein, »ist es nicht seltsam, dass unsere Omi so lange nicht geschrieben hat?«

»Die schreibt jeden Tag«, antwortete das Mädchen. »Aber denkst du denn, ich mache mir die Mühe, aus dem ganzen Reklameramsch im Briefkasten die echte Post rauszusuchen?«

Daraufhin verlangte die Mutter, Rotkäppchen müsse sofort die Großmutter besuchen.

Die Oma wohnte am Stadtrand im Wald, genauer gesagt in dem, was davon übrig war. Sie hatte eine Pumpe im Garten sowie Außentoilette, deshalb war die Kaltmiete relativ günstig. Oma hatte ein kleines Verhältnis mit einem gewissen Herrn Wolf. Der war einer von den 183 Autohändlern, die sich in der kleinen Stadt eingenistet hatten. Er wollte der Oma unbedingt ein Spitzenmodell mit Servus-Lenkung und Schieberdach aufschwatzen. Er meinte, sie könne die Karre auch leasen. Oma hatte gesagt, sie spiele Glücksspirale, Mittwochs-Lotto und rubble auch ganz kräftig. Bei so vielen Losen könne sie nicht auch noch leasen. Dennoch mochte sie Herrn Wolf. Denn er brachte immer ein Fläschelchen mit, und danach guckten sie gemeinsam DSDS oder anderen Horror.

Als Rotkäppchen bei der Oma angekommen war, saß die Seniorin im Bett und sah sich »Wolfsblut« an. Drei ausgequetschte Blutorangen, eine halbe Flasche ... Wir kennen das bereits, es ist ja eine Serie.

Da erschien der Oberförster. Er rief: »Mir rumpelt und pumpelt's im Bauch herum, als hätt ich lauter Wackersteine gegessen. Dabei waren's nur Konservierungsstoffe!«

»Ich esse nur Freiland-Schrippen, klinisch getestet!«, sagte Rotkäppchen.

Die Großmutter verstand überhaupt nichts mehr und sagte nur noch: »Macht doch, was ich will.«

Justament erschien Herr Wolf. Er führte die aktuelle Winterpelzmode vor. – Höhepunkt: Wo eigentlich Pelz sein müsste, war überhaupt nichts. Nur ein paar schwarze Bändchen. Herr Wolf sagte: »Das ist jetzt modern.«

»Oih, oih«, rief die Oma. »Das ist ja affengeil!«

Der Werbeclip im Fernsehen brachte den Wolf so in Stimmung, dass er sich vor Begeisterung den Bauch aufknöpfte. Die sieben Zwerge plumpsten heraus.

»Ja, bin ich denn hier im falschen Märchen?«, schrie Rotkäppchen.

»You got it«, sagte die Oma. »Hier läuft nicht ›Rotkäppchen und der Wolf‹, sondern ›Der Wolf und die sieben Geiseln‹.«

Da sauste Rotkäppchen pfeilgeschwind davon in Richtung Heimat.

# Hänsel und Gretel

E s war einmal vor langer, langer Zeit ein armer Holzfäller mit seiner armen Holzfällersfrau. Sie sind schon eine Weile tot und haben deshalb in dieser Geschichte auch keine tragende Rolle. Aber sie waren die Großeltern von Hänsel und Gretel und nannten sich offiziell Holzfäller. Die Eltern von Hänsel und Gretel waren auch Holzfäller und lebten in der DDR. Deshalb hießen sie offiziell »Nadel-, Laub- und Mischwaldwerktätige mit Sägediplom«. Weil solche Berufsbezeichnungen aber die schönsten Märchen zur Schnecke machen, lassen wir die Alten am besten weg und widmen uns nur der neuen Zeit und den Kindern.

Die hießen, wie gesagt, Hänsel und Gretel.

Sie waren Nichtraucher, denn sie wohnten im Wald. Sie besuchten das Gymnasium und die Disko. Die Disko auch im Krankheitsfalle. Zur Schule fuhren sie mit der kleinen Waldbahn, zur Disko mussten sie laufen. Denn für ein Motorrad waren sie noch zu jung, und für ein Fahrrad fühlten sie sich schon zu alt. Das Laufen stank sie mächtig an. Aber seit sie »Dschogging« dazu sagten, fanden sie es gut. Außerdem liefen sie mit Musik. Sie hatten diese kleinen japanischen Ohrenschützer. Die Musik in den Ohren schützte sie vor dem mörderischen Gegröle der Waldvögel.

Mitunter passierte es jedoch, dass sich Hänsel und Gretel im Wald verirrten. Denn sie konnten, wie es im richtigen Märchen passierte, keine Brotkrumen auf den Weg streuen, weil sie keine Pausenstullen in die Schule mitnahmen, sondern sich Schokoriegel und Pommes frites in der Cafeteria kauften.

Kürzlich verirrten sie sich wieder einmal. Es war schon finster und bitter, bitter kalt. Aber sie froren nicht. Denn sie hatten einen hitzigen Streit darüber, ob man sich unter dem Weihnachtsbaum verloben kann – wenn der Baum auf dem Fußboden steht.

»Warum nicht? Es geht im Liegen und im Fliegen. Warum nicht auch unterm Baum?«

Plötzlich sahen sie kein Land mehr. Doch immer, wenn du denkst, es geht nicht mehr, kommt von irgendwo ein Lichtlein her. Es war ein sehr kleines Licht. Es gehörte der Hexe, denn die benutzte Energiesparlampen. Aber die Sparflamme genügte, um Hänsel den Jubelruf zu entlocken: »Vorn ist das Licht!«

»Das war mal das Lieblingslied unserer Mutter und ist von den Puhdys!«, meinte Gretel.

»Quatsch«, sagte Hänsel. »Die Puhdys haben das Lied von Alwin gesungen.«

»Was für ein Lied von Alwin?«, fragte Gretel.

»Alwin, ein Baum möcht ich werden!«

Da schüttelte Gretel den Kopf und sagte: »Wenn du weiter so albern bleibst, wirst du noch mal als Comedian bei RTL enden.«

Dann gingen sie dem Licht nach und erreichten schließlich ein kleines Häuschen. Es bestand aus

Pfefferkuchen fein, und Gretel fragte: »Wer mag der Herr wohl von diesem Häuschen sein?«

Ein Namensschild war nicht zu entdecken.

Hänsel meinte: »Hier wohnt sicherlich ein Prominenter, der nicht von Autogrammsammlern oder Paparazzi gestört werden möchte.«

Da öffnete sich die Tür und die Hexe bat die Kinder ins Haus. Sie bewirtete sie mit Kakao und Kuchen. Hänsel und Gretel waren beeindruckt. Sie sagten schließlich: »Wissen Sie, Fräulein Hexe, von Ihnen hatten wir eigentlich eine ganz andere Meinung.«

»Ich weiß«, sagte die Hexe. »Es wird viel erzählt. Am schlimmsten sind die Gebrüder Grimm. Die machen mich schlecht, wo sie können. Und nur, weil sie beide bei mir nicht landen konnten.« Als Hänsel und Gretel dabei leise lächelten, sagte die Hexe: »Täuscht euch nicht, junge Freunde. Ihr hättet mich mal sehen sollen, als ich hundert war!« Dann schaute die Hexe auf die Uhr und sprach: »So, ihr müsst nun leider gehn. Ich bin spät dran und will noch ins Klubhaus.«

»Gibt es da einen interessanten Vortrag?«, fragte Hänsel neugierig.

»Nein«, sagte die Hexe, »eine Single-Party.« Sie sprang in ihren Kleinwagen mit umweltfreundlichem Besenantrieb und brauste davon.

# Alte Märchen – neu erzählt

### Die Prinzessin auf der Erbse

Überzarte Dame aus besseren Kreisen reagiert allergisch auf gepolsterte Hülsenfrucht.

Moral: Wer tagsüber nichts zu tun hat, den stört nachts die Falte im Nachthemd.

### Der Hase und der Igel

Kurzbeiniger Pfiffikus schlägt Konkurrenz durch Vorspiegelung falscher Tatsachen aus dem Feld.

Moral: Je mehr du andere für dich laufen lässt, desto weiter kommst du.

### Die Bremer Stadtmusikanten

Vier verkrachten Existenzen gelingt es, durch ohrenbetäubenden Lärm Hausbesitzer zu werden.

Moral: Schwache Solisten können als Gruppe immer noch einen ganz schönen Reibach machen.

### Rapunzel

Einsames Mädchen lässt Haar runter und Jüngling rauf.

Moral: Der Jüngling sollte sein Haar hinaufwerfen und daran hochklettern. Das wäre ein schönes Beispiel für die Gleichberechtigung.

### Die Gänsemagd
Tochter aus gutem Haus macht ein Praktikum auf dem Pferdehof.
Moral: Tierliebe wird nicht bezahlt, aber zahlt sich aus.

### Hans im Glück
Verpeilter Typ lässt sich auf Tauschgeschäfte ein und wird übern Tisch gezogen.
Moral: Die Kriminalpolizei warnt!

### Rotkäppchen
Schulkind schleppt Kuchen und Alkohol durch den Wald. Räuberischer Vierbeiner überlistet Kind und Oma. Durch Einsatz einer bewaffneten Spezialeinheit gelingt es, Ordnung und Sicherheit wiederherzustellen.
Moral: Hast du die Oma nicht im Hause, haste nischt wie Huddelei.

### Der süße Brei
Betrieb der Lebensmittelbranche wird wegen Überproduktion geschlossen.
Moral: Rechtzeitig in Werbung investieren.

### Sechse kommen durch die Welt
Exzentrische Individualtouristen reisen ins Krisengebiet.
Moral: Wir empfehlen Pauschalreisen.

# Es war einmal ein Märchenerzähler, der war beliebt im ganzen Land …

Jedes Jahr zu Weihnachten tischte Jochen Petersdorf in der TV-Show »Zwischen Frühstück und Gänsebraten« ein Märchen auf. Er wusste von gar wundersamen Dingen zu berichten, so dass die Tränen nicht ausblieben. Lachtränen. Denn Petersdorf war kein zahmer Märchenonkel, sondern ein bissiger Satiriker … und wenn sie nicht gestorben sind, dann lachen sie noch heute.

www.eulenspiegel.com

ISBN 978-3-359-01721-9

Die Bücher des Eulenspiegel Verlags
erscheinen in der Eulenspiegel Verlagsgruppe.

www.eulenspiegel.com